Du CM1 au CM2

Les ÉNIGMES de NARUTO SHIPPUDEN

LAROUSSE

Mot de l'auteur

C'est en faisant des erreurs que l'on comprend, c'est en les corrigeant que l'on apprend et c'est en apprenant que l'on grandit.

Naruto ne devient pas le meilleur ninja en réussissant tout du premier coup, mais parce qu'il essaie, fait des erreurs, se relève et essaie à nouveau jusqu'à réaliser son objectif.

Au fond de chaque enfant se cache un ninja accompli en devenir !

Maxime DAHAN
@maitresse_cactus

Direction de la publication : Carine Girac-Marinier
Direction éditoriale : Julie Pelpel-Moulian
Édition : Ella-Meï Tabernero Chaudet
Direction artistique : Uli Meindl
Conception graphique : Sophie Rivoire
Mise en page : SKGD-Création
Lecture-correction : Sophie Petitprêtre
Fabrication : Axelle Hosten

21, rue du Montparnasse
75283 Paris Cedex 06

ISBN : 978-2-03-602266-9

Du CM1 au CM2

Les ÉNIGMES de NARUTO SHIPPUDEN

Maxime Dahan

Maths

Français

Présentation des personnages

Naruto

Sakura

Ino

Sasuke

Kakashi

Gaara

L'objet caché

Rock Lee doit retrouver l'objet caché dans cette grille.

Pour l'aider, colorie en noir les résultats de la table de 7 et en gris les résultats de la table de 8.

11	12	23	26	47	23	5	90	2	29	10	49	63	14	7	9
50	11	98	73	90	37	74	47	30	20	35	8	16	24	32	35
4	22	41	54	75	29	76	18	12	53	63	48	14	21	40	70
55	47	38	18	23	65	61	27	3	13	7	64	28	42	72	14
45	25	23	4	6	25	60	31	3	9	63	80	8	16	48	28
29	31	47	81	15	7	63	70	7	14	40	72	64	35	42	46
97	55	31	10	11	49	32	80	64	48	40	16	70	12	50	53
37	29	2	55	42	72	48	72	16	64	80	7	55	99	90	26
50	98	50	11	35	24	40	16	16	72	16	14	20	22	41	76
22	23	61	28	8	16	32	24	80	48	8	21	38	26	73	6
27	29	60	21	40	8	80	72	48	64	64	28	22	65	60	47
60	30	[illegible]	16	24	80	48	16	24	32	42	35	1	47	11	18
33	41	7	32	72	8	40	16	8	49	44	20	36	18	54	17
50	71	32	24	16	80	70	63	35	23	2	57	41	90	46	44
41	63	8	72	14	7	49	53	4	11	46	58	17	20	23	15
97	49	63	70	71	53	4	67	25	26	3	61	60	90	19	47

Quel objet est caché dans cette grille ?

un kunaï

Les ramens de Naruto

Naruto s'empresse d'aller manger un bol de ramens pour fêter la réussite de sa mission. En chemin, il décide d'inviter Temari, Ino et Chôji à dîner avec lui, mais d'autres amis pourraient les rejoindre.

Remplis le tableau des ingrédients nécessaires à la préparation des ramens en fonction du nombre de personnes.

Nombre de personnes	4	6	12	8
Oignons	4	6	12	8
Œufs	2	3	6	4
Morceaux de viande	100 g	150 g	300 g	200 g
Narutomaki	8	12	24	16
Pousses de bambous	8	12	24	16
Algues noires	4	6	12	8
Bouillon	1 L	1,5 L	3 L	2 L

Le parchemin envoûté

Tsunade, la nouvelle Hokage de Konoha, reçoit un parchemin étrange d'un village caché. Elle pense que celui-ci est envoûté par une technique secrète ninja qui lui fait inscrire l'opposé de ce qui était marqué.

Aide Tsunade à déchiffrer le message en transformant les phrases négatives en phrases affirmatives, et inversement.

La mission ne s'est pas bien déroulée.

Les ninjas de Konoha sont morts au combat.

Naruto ne fera plus équipe avec Sakura.

Kakashi ne les a pas bien entraînés et ils ne doivent pas repartir en mission.

La mission s'est bien déroulée. Les ninjas de Konoha ne sont pas mort au combat. Naruto fera équipe avec Sakura.

Kakashi les a bien entraînés et ils doivent repartir en mission.

Les clones de Naruto

Naruto n'a pas oublié sa technique du multiclonage et il parvient même à produire encore plus de clones qu'avant ! Lors d'un entraînement, il attaque Kakashi, qui riposte avec une technique de Genjutsu (illusions) qui brouille l'esprit de Naruto.

Cette grille de mots croisés a elle aussi été affectée par l'attaque.

Complète la grille avec les synonymes des mots que l'on te propose ci-dessous pour aider Naruto à se remettre du Genjutsu.

1 – Synonyme de peur
2 – Synonyme de gagner
3 – Synonyme de moche
4 – Synonyme de grand
5 – Synonyme de rigoler
6 – Synonyme d'ami

Le sable de Gaara

Dans le village de Suna, Gaara s'entraîne sans relâche à maîtriser ses techniques de manipulation du sable. Malgré son jeune âge, c'est un ninja puissant. Lors d'un entraînement, il laisse exploser son chakra et le sable se répand sur les fiches de révision de Temari.

Aide Temari en trouvant les réponses masquées par le sable dans les soustractions suivantes.

875
\- 531

623
\- 548

1 320
\- 156

2 315
\- 1 209

56 201
\- 15 093

125 413
\- 57 402

Les sculptures d'argile de Deidara

Deidara, utilisateur du Bakuton, est un maître dans la création de sculptures en argile qui explosent grâce à son chakra.

Range les différentes créations géométriques de Deidara dans le tableau en fonction de leurs noms.

Nom	Pavé	Cube	Pyramide	Prisme	Cône	Cylindre
N°						

La fête de Konoha

Naruto organise une petite fête pour célébrer l'ajout du visage de Tsunade au Monument Hokage. Pour ne rien oublier, il écrit une liste des invités et des choses à préparer, mais il a tout mélangé…

Aide Naruto à classer les noms propres et les noms communs.

Tsunade – Kakashi – les ramens – le riz – Kiba – les assiettes – Shino – Gaï – les bols – la nappe – une salade – un discours – Hinata - Shizune – Sakura – les couverts – Gamabunta – les parchemins – la viande - les légumes

Noms propres	Noms communs

Les marionnettes de Kankurô

Kankurô a emmêlé les fils de ses marionnettes après avoir aidé Gaara.

Range les nombres dans l'ordre croissant pour aider Kankurô à utiliser Karasu et Kuroari, ses deux marionnettes favorites.

25 604 – 4 723 – 25 612 – 145 856 – 154 856 – 41 587 – 2 105 – 1 520 503

.... - .... - .... - .... - .... - .... - .... - ....

L'éventail de Temari

Temari a cassé son éventail de guerre géant en s'entraînant. Elle compte sur toi pour l'aider à le réparer avec une technique ninja dont tu as le secret.

Reproduis son éventail par symétrie en utilisant les mêmes couleurs.

Les défis fous de Lee

Lee adore par-dessus tout se lancer des défis incroyables en compagnie de son maître Gaï. Cette fois-ci, il veut prouver qu'il peut représenter des fractions simples les yeux fermés. Peux-tu l'aider à relever le défi ?

Observe les dessins suivants et écris les fractions qui correspondent à la partie colorée en chiffres.

Les kunaï explosifs

Pour protéger le village des attaques de l'Akatsuki, l'équipe de Kakashi doit placer des kunaïs explosifs à des endroits stratégiques entre Konoha et Suna.

Aide l'équipe de Kakashi en plaçant les kunaïs représentés par des fractions, sur la droite graduée, qui symbolise le chemin entre Konoha et Suna.

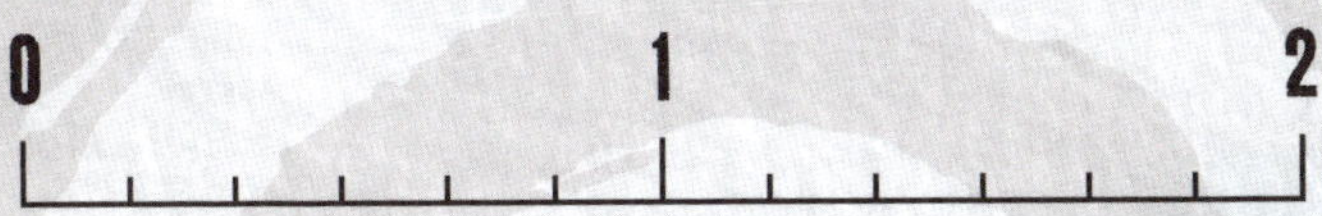

A : $\frac{1}{6}$ B : $\frac{2}{4}$ C : $\frac{7}{6}$

D : $\frac{1}{2}$ E : $\frac{4}{3}$ F : $\frac{12}{12}$

Le Byakugan de Neji

Neji a été chargé de vérifier les comptes du village de Konoha à l'approche de la grande fête.

Aide-le en complétant le tableau comme dans l'exemple.

24 305 923	341 358
(2 × 10 000 000) + (4 × 1 000 000) + (3 × 100 000) + (5 × 1000) + (9 × 100) + (2 × 10) + 3	
20 000 000 + 4 000 000 + 300 000 + 5 000 + 900 + 20 + 3	

1 587 462	10 548 963

Les parchemins cachés (1)

Après avoir aidé Neji dans ses comptes, il te demande de compléter ce tableau comme dans l'exemple.

	Chiffre des dizaines	Chiffre des centaines	Chiffre des unités de mille	Nombre de centaines	Nombre d'unités de mille
24 305 923	2	9	5	243 059	24 305
341 358					
1 587 462					
10 548 963					

Les parchemins cachés (2)

Continue à aider Neji en complétant le tableau suivant.

Nombre précédent	Nombre donné	Nombre suivant
	24 305 923	
	341 358	
	1 587 462	
	10 548 963	

Pour finir, écris ces nombres en lettres.

1 352 : ....

....

341 358 : ....

....

1 587 462 : ....

....

10 548 963 : ....

....

La salle d'entraînement

Kisame s'entraîne à manier son épée, Samehada dans une salle d'entraînement. Il se demande s'il a assez de place pour pouvoir faire de grands mouvement avec son épée.

Calcule le périmètre de la salle pour aider Kisame.

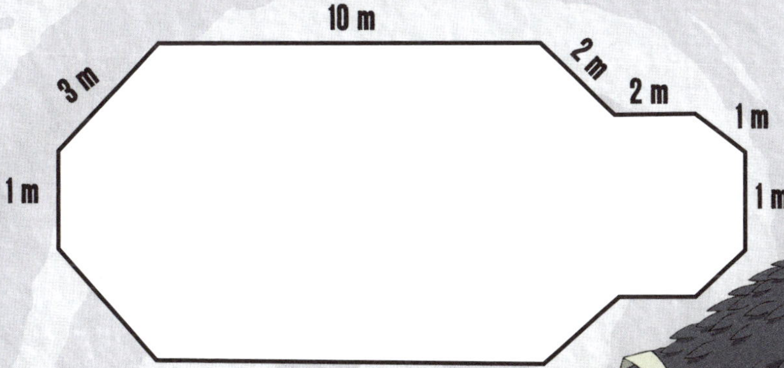

Les rébus d'Akamaru

Akamaru, le chien de Kiba, essaie de te dire quelque chose, mais il ne parle pas français !

Résous ce rébus pour déchiffrer ce qu'il te dit. As-tu compris ?

....

....

Les ombres de Shikamaru

La tactique de Shikamaru consiste à rester à distance de ses adversaires pour pouvoir déployer sa technique de manipulation des ombres. Celle-ci demande beaucoup de concentration et un déploiement par étapes.

Pour permettre à Shikamaru de lancer sa technique, complète la pyramide de façon à ce que chaque case contienne la somme des deux cases qui se trouvent au-dessous.

1 084

.... | ....

184 | .... | 310

.... | 135 | 160 | 150

.... | .... | 93 | .... | 83

L'orbe tourbillonnant

Grâce à son entraînement, Naruto maîtrise de mieux en mieux l'orbe tourbillonnant. Malheureusement, il n'est pas très concentré et il a mélangé tous les poids d'entraînement !

Aide-le en rangeant les poids du plus petit au plus grand. Tu peux t'aider du tableau pour faire des conversions.

200 g

1 kg

50 g

150 mg

1 542 cg

600 dg

.... - .... - ....

.... - .... - ....

kg	hg	dag	g	dg	cg	mg

Les insectes perdus

Shino, membre du clan Aburame, est l'hôte des Insectes Destructeurs, une espèce d'insectes qui se nourrissent de chakra. Lors d'une mission, des Insectes Destructeurs se sont perdus et tentent de retrouver Shino.

Suis le chemin des multiples du chiffre 5 pour ramener les Insectes Destructeurs à Shino.

15	93	12	15 623	223	416
980	52	956	10 263	14	847
52 135	912 860	10	12	989	1 001
416	786	80	95	1 055	32
336	4 562	81 269	104 478	65	154 896
147 589	23 654	78 440	95 630	10 485	564
12 369	9 563	9 630	147	58 956	142 653
874 569	1 489	565	55	12 360	95

Le chemin du chakra

Pour gagner les combats à venir, Naruto doit apprendre à maîtriser son chakra.

Pour ouvrir le chakra de Naruto, trouve le chemin du chakra dont le total fait 41,6. Entoure-le

0,5 + 4,5 + 21,2 + 19,6

5,3 + 12,4 + 11,2 + 3,1

11,6 + 5,8 + 2,3 + 17,1

4,7 + 16,3 + 1,5 + 19,1

1,2 + 14,2 + 9,1 + 21,3

4,1 + 15,1 + 6,6 + 13,7

Le sceau de Naruto

Naruto doit ajouter davantage de chakra sur l'une des branches du sceau de Kurama pour le renforcer.

Aide Naruto en choisissant la branche dont le total est le plus grand.

Le retour au calme du chakra

Maintenant que tu as appris à Naruto à bien ouvrir son chakra, il doit réussir à le contrôler.

Pour l'aider à se calmer, calcule le chakra que Naruto relâche au fur et à mesure. Tu peux poser les soustractions si nécessaire.

Le labyrinthe du temps

Hinata est piégée dans un labyrinthe de cristal géant !

Aide Hinata à trouver la sortie et regroupe les mots que tu as croisés sur ton chemin.

À quel temps est conjuguée la phrase que tu as formée ?

....

Le célèbre clan

Retrouve le symbole d'un célèbre clan de Konoha en coloriant en rouge uniquement les résultats de la table de 9.

3	6	15	85	24	9	36	27	90	9	45	18	4	12	1	3	95
21	96	22	54	45	91	56	5	89	92	14	52	18	72	93	14	57
94	1	90	95	97	96	15	97	58	98	97	98	86	87	90	49	13
12	81	60	12	14	19	41	85	61	6	37	23	64	62	46	18	41
19	18	64	65	20	9	45	18	90	36	81	45	3	24	7	9	66
9	89	5	37	9	8	14	67	1	21	58	25	27	6	68	22	54
18	2	23	52	45	37	5	69	24	26	13	2	18	42	4	25	63
27	70	26	81	94	71	73	28	81	46	12	73	36	24	74	7	9
36	29	64	72	25	52	13	9	13	30	8	7	45	75	24	31	45
45	31	76	36	95	32	41	18	14	6	96	33	54	46	4	77	90
54	26	78	27	32	34	23	72	79	35	37	91	72	80	16	37	27
63	3	24	38	9	6	39	73	63	54	45	36	12	40	91	23	9
12	63	41	5	18	19	37	89	42	43	80	8	3	32	44	81	3
17	36	82	56	3	90	92	5	83	14	55	84	46	50	23	72	47
86	3	63	93	52	88	27	36	55	48	6	85	3	49	45	24	87
8	88	50	90	81	51	5	51	63	54	45	9	18	36	3	91	52
88	53	52	89	1	54	45	81	72	36	27	18	55	91	17	42	95

Quel est le nom de ce clan ?

....

Le Ninjutsu médical

Sakura devient une ninja de plus en plus accomplie ! À force de s'entraîner, elle est capable d'utiliser le Ninjutsu. Aujourd'hui, elle étudie la composition d'un poison et tente de comprendre comment l'extraire d'un corps.

Conjugue au présent les verbes entre parenthèses pour aider Sakura à décrypter le parchemin.

Tu (devoir) .... user de délicatesse

pour extraire le poison. Ce Jutsu (consommer)

.... beaucoup de chakra.

Seuls les médecins-ninjas (utiliser) ....

cette technique.

Elle (être) .... considérée comme très

compliquée à réaliser. Les gestes (devoir)

.... être maîtrisés. Nous, médecins

experts, n'(utiliser) ....

cette technique qu'après des années d'entraînement.

Le miroir de Yata

Itachi maîtrise le miroir sacré de Yata. Il est composé de tous les types de chakra et il s'adapte aux attaques qu'il peut recevoir. C'est une arme redoutable !

Pour l'activer, il doit enclencher les cinq types de chakra.

Complète chaque multiplication pour aider Itachi à déployer le miroir de Yata.

Katon

$$\begin{array}{r} 1\,741 \\ \times\ 92 \\ \hline \dots\dots\dots \end{array}$$

Suiton

$$\begin{array}{r} 356 \\ \times\ 13 \\ \hline \dots\dots\dots \end{array}$$

Fûton

$$\begin{array}{r} 704 \\ \times\ 21 \\ \hline \dots\dots\dots \end{array}$$

Doton

$$\begin{array}{r} 94 \\ \times\ 96 \\ \hline \dots\dots\dots \end{array}$$

Raiton

$$\begin{array}{r} 496 \\ \times\ 25 \\ \hline \dots\dots\dots \end{array}$$

Les shurikens

Tout comme le junaï, le shuriken est une arme très utilisée par les ninjas. Il en existe de toutes les tailles, on peut les cacher dans ses vêtements ou les placer dans son dos. Le trou au milieu sert à attraper l'arme avec un doigt sans se couper, pour lancer rapidement le shuriken.

Relie chaque shuriken au bon calcul.

256 ÷ 2	135 ÷ 5	168 ÷ 6	882 ÷ 9	276 ÷ 4

L'épée de Sasuke

Cette épée suit Sasuke dans ses combats. Il insuffle son chakra de foudre à l'intérieur de l'épée afin d'augmenter sa puissance. Pendant son entraînement, Sasuke a coupé la fin des mots d'un parchemin avec son épée.

Aide Sasuke à retrouver les lettres muettes de chaque mot.

Clien....	Profon....	Déser....
Bavar....	Froi....	Peti....
Cha....	Gran....	Lon....
Chau....	Alleman....	Chinoi....
Exper...	Souhai....	Radi....

L'arme de Hidan

La Faux à trois lames est l'arme de Hidan, un membre de l'Akatsuki. En combat, il s'en sert pour attaquer à distance, mais aussi au corps-à-corps. Sa particularité est d'aspirer le sang pour lancer une malédiction puissante sur sa cible. Ici, elle a aspiré les différents types de déterminants.

Replace chaque déterminant dans la bonne colonne.

Mon	Ton	Ce	Cette
Tout	Aucun	Ma	Ses
Mes	Plusieurs	Quelques	Ces
Cet	Notre	Votre	Nos

Déterminants indéfinis	Déterminants possessifs	Déterminants démonstratifs

Collaboration

Lors de certains combats éprouvants, Naruto collabore avec Gamatatsu et Gamakichi pour réaliser des techniques incroyables. Ils tentent tous les trois de parfaire leur technique, mais pour cela, ils doivent s'accorder.

Range les mots dans chaque catégorie. Si tu y parviens, Naruto pourra lancer une technique ultime.

bagnole, chaussure, bicyclette, véhicule, voiture, bouquin, livre, ouvrage, soulier, vélo, pompe, bécane, profession, trouille, peur, boulot, appréhension, travail

Langage familier	Langage courant	Langage soutenu

Le Sharingan

Comme il fait partie du clan Uchiwa, Sasuke possède le Sharingan. Une des principales caractéristiques de cet œil est qu'il peut altérer la réalité en hypnotisant ses victimes.

Sasuke t'a hypnotisé avec son Sharingan et t'a fait perdre la notion du temps !

Pour revenir à la réalité, place les aiguilles dans les horloges (petite aiguille des heures en rouge, grande aiguille des minutes en vert).

18 h 45

6 h 30

23 h 05

21 h 10

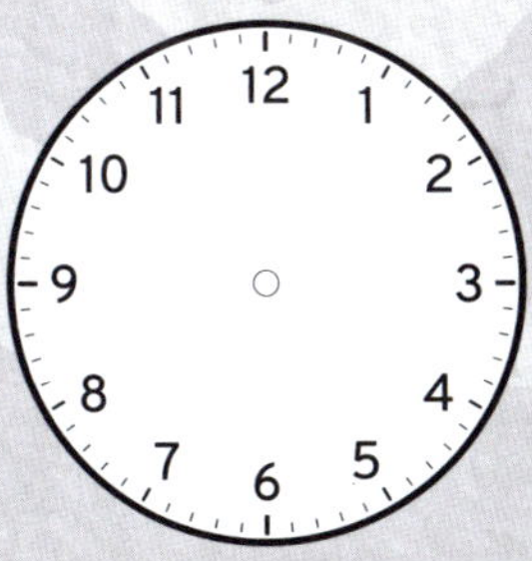

12 h 00

5 h 50

Associations

Relie chaque ninja à l'arme qu'il doit maîtriser lors de cet entraînement.

Chaque ninja représente une fraction et son arme représente la fraction transformée en nombre décimal.

$\frac{37}{10}$

7,6

3,45

$\frac{45}{100}$

$\frac{123}{10}$

12,3

$\frac{78}{100}$

3,7

0,78

$\frac{345}{100}$

$\frac{76}{10}$

0,45

Les projets de Naruto

Le grand rêve de Naruto est de devenir le futur Hokage du village de Konoha. Il décide d'en parler à Tsunade, l'actuelle Hokage.

Conjugue les verbes du discours de Naruto au futur.

Je suis le Hokage du village de Konoha. Je protège tous les habitants et je fais de ce village une grande famille. Je suis le ninja le plus fort. Mon visage est sculpté sur la falaise du village.

Le passé de Sasuke

Sasuke a vécu une enfance très difficile avec des événements tragiques. Il te raconte son passé.

Entoure tous les verbes au passé composé.

J'ai grandi au sein de la famille Uchiwa. Mon père était un très grand ninja. Il m'a appris des techniques de Katon. Mon grand frère, Itachi, était mon modèle. Il a réussi à être le meilleur à l'Académie des ninjas. Peu à peu, il s'est éloigné de la famille. Le clan l'a soupçonné d'avoir tué son meilleur ami. Une nuit, il s'en est pris à tout le clan Uchiwa...

Le Code des ninjas

Un shinobi doit suivre le Code des ninjas à la lettre et doit supprimer toute émotion pendant les missions.

Pour compléter le Code des ninjas suivant, tu devras trouver les antonymes* de chaque mot entre parenthèses.

Règle n° 3 Un shinobi ne doit pas trahir son village, sous peine d'être (légèrement) .... puni.

Règle n° 4 Un shinobi doit faire passer la mission en (dernier) ....

Règle n° 14 Un shinobi doit travailler dans (la lumière) ....

Règle n° 15 Un shinobi doit toujours (déposer) .... le bandeau frontal de son village.

Règle n° 20 Un shinobi ne doit pas pratiquer les techniques (autorisées) .... par son village.

Règle n° 26 Un shinobi doit se préparer avant qu'il ne soit trop (tôt) .... pour le faire.

Règle n° 31 Un shinobi ne doit jamais montrer ses (forces) ....

* Antonyme = contraire

Les actions des shinobis

Lors de leurs missions, les shinobis réalisent des actions bien précises.

Pour les découvrir, conjugue les verbes au présent en prenant en compte le pronom personnel imposé.

Vertical

1 - Défendre - 1re personne du pluriel

2 - Attaquer - 1re personne du pluriel

4 - Jouer - 2e personne du singulier

Horizontal

3 - Combattre - 3e personne du singulier

5 - Courir - 1re personne du singulier

6 - Lancer - 2e personne du pluriel

7 - Sauter - 3e personne du pluriel

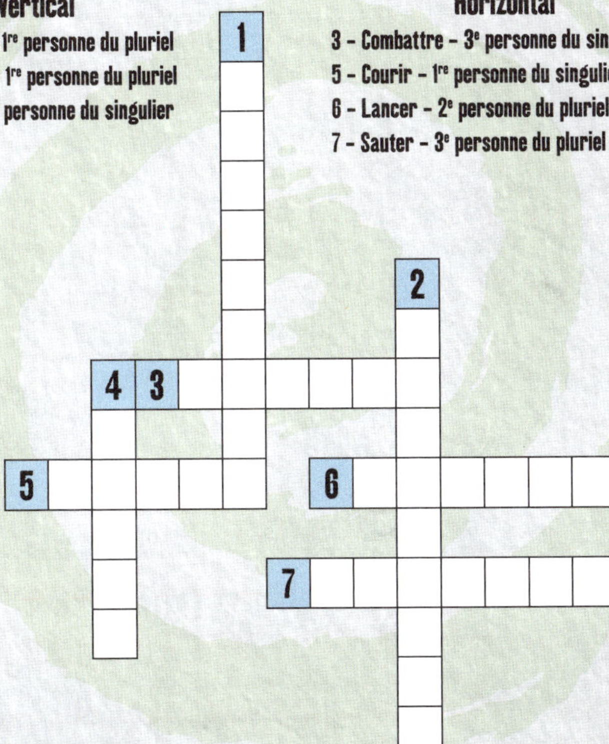

Examens de shinobi

Bien que Naruto fasse partie de l'équipe de Kakashi, il doit régulièrement passer des tests.

Aide-le à trouver les mots suivants. Attention, ils contiennent presque tous des préfixes ou des suffixes !

L	V	B	S	U	J	D	L	S	B	G	I	F	S
Q	O	I	M	X	N	E	I	N	W	D	V	S	B
R	N	R	E	T	R	O	U	V	E	R	J	Q	C
A	F	F	I	C	H	A	G	E	U	S	G	L	B
M	P	A	R	A	P	L	U	I	E	C	Q	Q	P
J	L	A	K	C	R	H	F	E	L	J	J	J	S
P	A	R	A	C	H	U	T	E	P	H	J	A	U
R	E	A	O	U	F	B	A	F	H	Z	A	W	Q
R	B	U	N	D	É	F	A	I	R	E	R	R	C
D	O	C	T	E	U	R	E	O	V	G	M	G	K
M	A	I	S	O	N	N	E	T	T	E	G	P	R
H	E	F	E	P	S	M	T	A	T	Z	U	N	C
S	E	Q	H	B	W	C	R	V	P	F	U	D	Z
C	G	U	Q	Q	M	A	L	A	D	R	O	I	T

Définitions des mots à trouver :

1 – Pour se protéger de la pluie • 2 – Répétition de l'action de trouver
3 – Annulation de l'action à faire • 4 – Quelqu'un qui n'est pas adroit
5 – Pour empêcher la chute • 6 – Action d'afficher
7 – Métier : donner des soins • 8 – Petite maison

Le Genjutsu de Kurenaï

Responsable de l'équipe de Kiba, Shino et Hinata, Kurenaï Sarutobi est une spécialiste en Genjutsu capable de rivaliser avec Itachi. Ses techniques comportent l'utilisation de grands arbres.

Elle décide de te mettre à l'épreuve.

Pour prouver ta valeur, trace un chemin qui te mènera à la sortie de ce labyrinthe créé par Kurenaï. Tu ne dois passer que sur des arbres qui contiennent un adjectif.

Grand	Il	Hier	Classer
Courageux	Jouer	Presque	Portable
Épais	Fort	Long	Donc
Vache	Lit	Vieux	Connaître
Brillant	Puissant	Belle	Naissance
Vert	Courir	Intelligence	Sur
Excellente	Vous	Jamais	Avoir
Petit	Maigre	Moche	Jaune

Les répliques des héros

Konohamaru a noté des citations de plusieurs héros qui l'inspirent.

Repère les verbes conjugués. Et entoure la case qui indique pour chaque phrase si elle est simple (S) ou complexe (C).

« Dès le moment où quelqu'un pense à toi quelque part, cet endroit devient ton foyer. »

Naruto Uzumaki

S C

« Se pardonner et s'accepter tel que l'on est, voilà ce que signifie être fort. »

Itachi Uchiwa

S C

« Je vais atteindre ma véritable puissance. »

Sakura Haruno

S C

« On ne se rend compte des choses que lorsque l'on est sur le point de les perdre. »

Gaara

S C

« Je n'abandonnerai pas sous les yeux de celui que j'admire alors qu'il me regarde enfin. »

Hinata Hyûga

S C

« Je continuerai d'être près de toi. »

Itachi Uchiwa

S C

Le choix des armes

Lors d'un entraînement poussé, Sakura doit choisir l'arme adéquate pour chaque technique.

Pour l'aider à faire le bon choix, entoure la bonne écriture du mot proposé.

J'ai perdu mes dents/dans de lait.

Les marins ont jeté l'ancre/encre.

J'adore les petits pains/pins au chocolat.

Il doit utiliser un balai/ballet pour nettoyer.

Utilise un plan/plant pour te repérer dans la ville.

Les oiseaux ont une paire d'ailes/elles.

Un symbole maudit

Relie dans l'ordre décroissant les nombres suivants pour former le symbole d'un clan puissant de Konoha.

10 002 • • 9 514

10 028 •

• 9 500

10 235 •

• 9 120

11 246 •

• 8 015

• 7 532 • 7 693 • 7 963

11 250 • • 7 410

• 6 320 • 6 000

• 6 400 • 5 412 • 8 003

• 6 410 • 5 403

• 2 396 • 5 399

• 2 584 • 4 716

2 699 • • 4 368

3 410 • • 4 263

3 541 • • 4 136

3 945 • • 3 956 • 4 000

Quel est le nom de ce clan ?

....

Les héros

Tout au long de ses aventures, Naruto est entouré de ninjas qui l'accompagnent ou l'affrontent !

Classe les noms ci-dessous par ordre alphabétique.

Naruto	Sakura	Sasuke	Kakashi	Hiruzen
Shikamaru	Hinata	Neji	Tenten	Kabuto
Anko	Itachi	Orochimaru	Saï	Sasori

....

....

....

....

Le lancer de shuriken géant

Le lancer de shuriken géant requiert une forte puissance dans les bras ainsi que de l'expérience. Sasuke est passé maître dans la matière et essaie de te transmettre son art.

Pour maîtriser la technique, entoure tous les mots dont la terminaison se trouve au centre du shuriken quand on les passe au féminin.

Le contrôle des calories

Chôji est un expert dans les techniques de décuplement partiel. À cet effet, il utilise des pilules du clan Akimichi qui lui procurent une puissance explosive.

Aide Chôji à contrôler sa puissance en ne passant que par les mots dans lesquels la lettre g fait le son [g].

Gratin	Agrafer	Pigeon	Orange	Gêner
Ranger	Glaçon	Agiter	Fromage	Hygiène
Plage	Virgule	Gémir	Pelage	Gifler
Potage	Gare	Glacé	Boulanger	Aubergine
Général	Argenté	Gorille	Magique	Gymnase
Agir	Gibier	Gobelet	Légume	Grossir

L'équipe 7

L'équipe 7 est la fierté de Kakashi.
Chacun des membres souhaite faire passer un message.

Pour chaque complément souligné, indique s'il s'agit d'un complément circonstanciel de lieu, de temps, de manière ou de cause.

Je suis un ninja qui copie <u>précisément</u> de nombreuses techniques.

....

....

<u>Plus tard</u>, je serai Hokage et je protégerai Konoha.

....

....

<u>À cause de</u> mon passé, j'ai dû faire des choix difficiles et me séparer de mes amis.

....

....

Je m'entraîne <u>dans le village</u> pour dépasser mon mentor : Tsunade.

....

....

Technique de permutation

La technique de permutation consiste à remplacer son corps par un objet, plus généralement une bûche de bois. Naruto connaît bien ce Ninjutsu et l'utilise dans de nombreux combats.

Relie les verbes à l'imparfait avec leur pronom personnel sujet pour retrouver le chemin de Naruto dans ses permutations.

Confusion

Ino vient du clan Yamanaka, spécialiste dans des techniques affectant l'esprit. Elle est redoutable ! Elle s'amuse régulièrement à embêter Sakura en prenant possession de son corps pour la ralentir dans son travail.

Aide Sakura en rangeant ces mots dans les bonnes catégories.

un château – une chaise – la peau – un joujou– un clou – un chou
le genou – une porte – un tuyau – l'herbe – un caillou – un hibou
la table – une trousse – un journal – un bureau – un mur

Pluriel en -s	Pluriel en -x

Le multiclonage

Reproduis le dessin sur le quadrillage d'à côté pour aider Naruto à créer encore plus de clones !

Solutions

PAGE 7 :

11	12	23	26	47	23	5	90	2	29	10	49	63	14	7	9
50	11	98	73	90	37	74	47	30	20	35	8	16	24	32	35
4	22	41	54	75	29	76	18	12	53	63	48	14	21	40	70
55	47	38	18	23	65	61	27	3	13	7	64	28	42	72	14
45	25	23	4	6	25	60	31	3	9	63	80	8	16	48	28
29	31	47	81	15	7	63	70	7	14	40	72	64	35	42	46
97	55	31	10	11	49	32	80	64	48	40	16	70	12	50	53
37	29	2	55	42	72	48	72	16	64	80	7	55	99	90	26
50	98	50	11	35	24	40	16	16	72	16	14	20	22	41	76
22	23	61	28	8	16	32	24	80	48	8	21	38	26	73	6
27	29	60	21	40	8	80	72	48	64	64	28	22	65	60	47
60	30	14	16	24	80	48	16	24	32	42	35	1	47	11	18
33	41	7	32	72	8	40	16	8	49	44	20	36	18	54	17
50	71	32	24	16	80	70	63	35	23	2	57	41	90	46	44
41	63	8	72	14	7	49	53	4	11	46	58	17	20	23	15
97	49	63	70	71	53	4	67	25	26	3	61	60	90	19	47

Un kunaï

PAGE 8 :

Nombre de personnes	4	6	12	8
Oignons	4	6	12	8
Œufs	2	3	6	4
Morceaux de viande	100 g	150 g	300 g	200 g
Narutomaki	8	12	24	16
Pousses de bambous	8	12	24	16
Algues noires	4	6	12	8
Bouillon	1 L	1,5 L	3 L	2 L

PAGE 9 :

La mission s'est bien déroulée.

Les ninjas de Konoha ne sont pas morts au combat.

Naruto fera équipe avec Sakura.

Kakashi les a bien entraînés
et ils doivent repartir en mission.

PAGE 10 :

								1	
								C	
		2	V	A	I	N	C	R	E
								A	
		4		5	3	L	A	I	D
		G		P				N	
		É		L				T	
6	C	A	M	A	R	A	D	E	
		N		I					
		T		S					
				A					
				N					
				T					
				E					
				R					

PAGE 11 :

875
- 531
= 344

623
- 548
= 75

1 320
- 156
= 1 164

2 315
- 1 209
= 1 106

56 201
- 15 093
= 41 108

125 413
- 57 402
= 68 011

PAGE 12 :

Nom	Pavé	Cube	Pyramide	Prisme	Cône	Cylindre
N°	3	2	6	1	4	5

PAGE 13 :

Noms propres	Noms communs
	les ramens
Tsunade	le riz
Kakashi	les assiettes
Kiba	les bols
Shino	la nappe
Gaï	une salade
Hinata	un discours
Shizune	les couverts
Sakura	les parchemins
Gamabunta	la viande
	les légumes

PAGE 14 :

25 604 – 4 723 – 25 612 –
145 856 – 154 856 – 41 587 –
2 105 – 1 520 503

2 105 – 4 723 – 25 604 –
25 612 – 41 587 – 145 856 –
154 856 – 1 520 503

PAGE 15 :

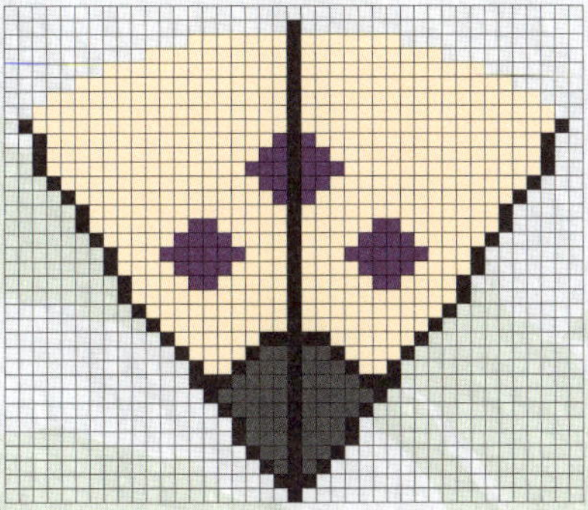

PAGE 16 :

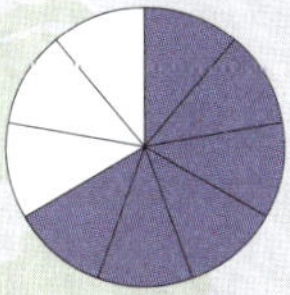

$\frac{6}{9}$

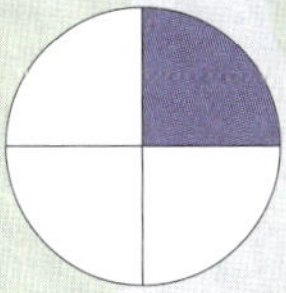

$\frac{1}{4}$

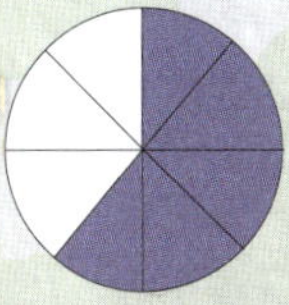

$\frac{5}{8}$

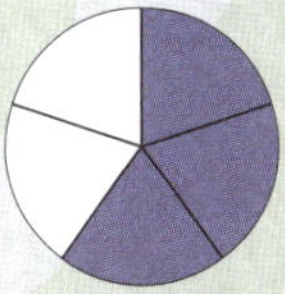

$\frac{3}{5}$

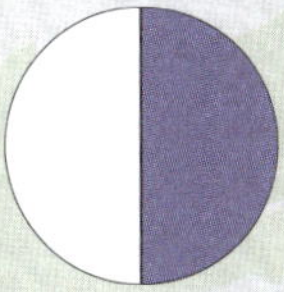

$\frac{1}{2}$

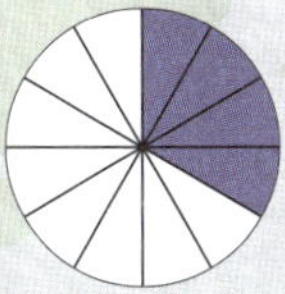

$\frac{4}{12}$

PAGE 17 :

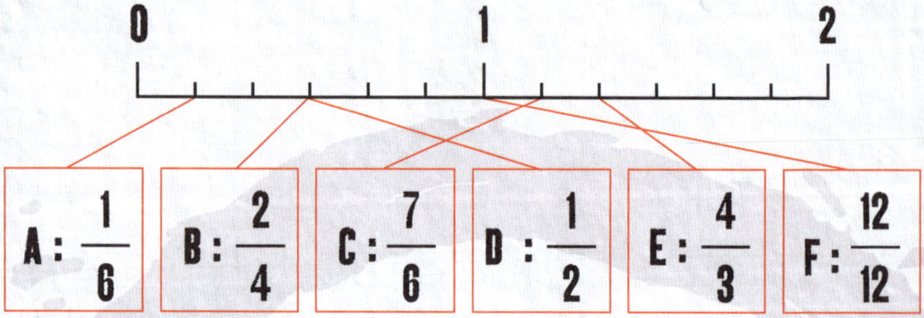

PAGE 18 :

24 305 923	341 358
(2 × 10 000 000) + (4 × 1 000 000) + (3 × 100 000) + (5 × 1 000) + (9 × 100) + (2 × 10) + 3	(3 × 100 000) + (4 × 10 000) + (1 × 1 000) + (3 × 100) + (5 × 10) + 8
20 000 000 + 4 000 000 + 300 000 + 5 000 + 900 + 20 + 3	300 000 + 40 000 + 1 000 + 300 + 50 + 8

1 587 462	10 548 963
(1 x 1 000 000) + (5 x 100 000) + (8 × 10 000) + (7 × 1 000) + (4 × 100) + (6 × 10) + 2	(1 × 10 000 000) + (5 × 100 000) + (4 × 10 000) + (8 × 1 000) + (9 × 100) + (6 × 10) + 3
1 000 000 + 500 000 + 80 000 + 7 000 + 400 + 60 + 2	10 000 000 + 500 000 + 40 000 + 8 000 + 900 + 60 + 3

PAGE 19 :

	Chiffres des dizaines	Chiffres des centaines	Chiffre des unités de mille	Nombre de centaines	Nombre d'unités de mille
24 305 923	2	9	5	243 059	24 305
341 358	5	3	1	3 413	341
1 587 462	6	4	7	15 874	1 587
10 548 963	6	9	8	105 489	10 548

PAGE 20 :

Nombre précédent	Nombre donné	Nombre suivant
24 305 922	24 305 923	24 305 924
341 357	341 358	341 359
1 587 461	1 587 462	1 587 463
10 548 962	10 548 963	10 548 964

1 352 : mille trois cent cinquante-deux

341 358 : trois cent quarante et un mille trois cent cinquante-huit

1 587 462 : un million cinq cent quatre-vingt-sept mille quatre cent soixante-deux

10 548 963 : dix millions cinq cent quarante-huit mille neuf cent soixante-trois

PAGE 21 :

$$(1 \times 2) + (3 \times 2) + (10 \times 2) + (2 \times 2) + (2 \times 2) + (1 \times 2) = 40 \text{ m}$$

PAGE 22 :

Mission pour Konoha

PAGE 23 :

1 084

479 | 605

184 | 295 | 310

49 | 135 | 160 | 150

7 | 42 | 93 | 67 | 83

PAGE 24 :

150 mg – 1 542 cg – 50 g – 600 dg – 200 g – 1 kg

PAGE 25 :

15	93	12	15 623	223	416
980	52	956	10 263	14	847
52 135	912 860	10	12	989	1 001
416	786	80	95	1 055	32
336	4 562	81 269	104 478	65	154 896
147 589	23 654	78 440	95 630	10 485	564
12 369	9 563	9 630	147	58 956	142 653
874 569	1 489	565	55	12 360	95

PAGE 26 :

0,5 + 4,5 + 21,2 + 19,6

5,3 + 12,4 + 11,2 + 3,1

11,6 + 5,8 + 2,3 + 17,1

4,7 + 16,3 + 1,5 + 19,1

1,2 + 14,2 + 9,1 + 21,3

4,1 + 15,1 + 6,6 + 13,7

PAGE 27 :

PAGE 28 :

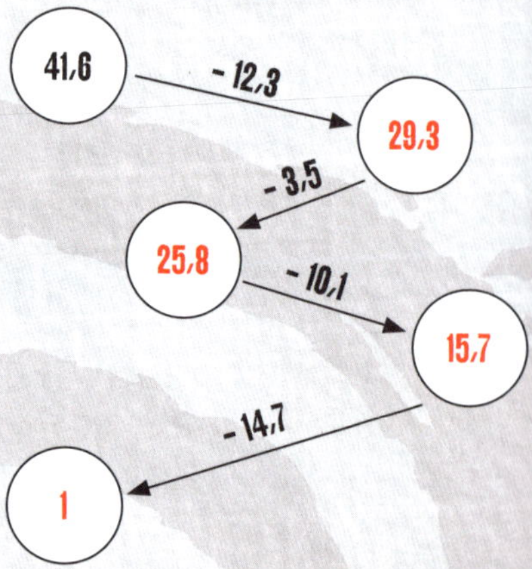

PAGE 29 :

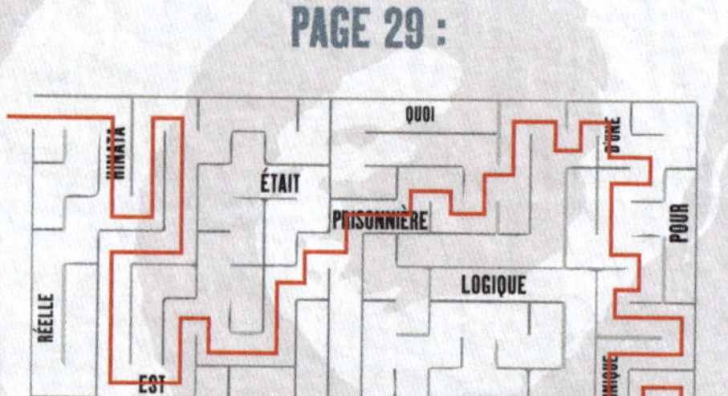

Hinata est prisonnière d'une technique qui s'appelle le Shôton.

PAGE 30 :

3	6	15	85	24	9	36	27	90	9	45	18	4	12	1	3	95
21	96	22	54	45	91	56	5	89	92	14	52	18	72	93	14	57
94	1	90	95	97	96	15	97	58	98	97	98	86	87	90	49	13
12	81	60	12	14	19	41	85	61	6	37	23	64	62	46	18	41
19	18	64	65	20	9	45	18	90	36	81	45	3	24	7	9	66
9	89	5	37	9	8	14	67	1	21	58	25	27	6	68	22	54
18	2	23	52	45	37	5	69	24	26	13	2	18	42	4	25	63
27	70	26	81	94	71	73	28	81	46	12	73	36	24	74	7	9
36	29	64	72	25	52	13	9	13	30	8	7	45	75	24	31	45
45	31	76	36	95	32	41	18	14	6	96	33	54	46	4	77	90
54	26	78	27	32	34	23	72	79	35	37	91	72	80	16	37	27
63	3	24	38	9	6	39	73	63	54	45	36	12	40	91	23	9
12	63	41	5	18	19	37	89	42	43	80	8	3	32	44	81	3
17	36	82	56	3	90	92	5	83	14	55	84	46	50	23	72	47
86	3	63	93	52	88	27	36	55	48	6	85	3	49	45	24	87
8	88	50	90	81	51	5	51	63	54	45	9	18	36	3	91	52
88	53	52	89	1	54	45	81	72	36	27	18	55	91	17	42	95

Le clan Uzumaki

PAGE 31 :

Tu dois user de délicatesse pour extraire le poison. Ce Jutsu consomme beaucoup de chakra. Seuls les médecins-ninjas utilisent cette technique. Elle est considérée comme très compliquée à réaliser. Les gestes doivent être maitrisés. Nous, médecins experts, n'utilisons cette technique qu'après des années d'entraînement.

PAGE 32 :

$$356 \times 13 = 4\,628$$

$$1\,741 \times 92 = 160\,172$$

$$704 \times 21 = 14\,784$$

$$94 \times 96 = 9\,024$$

$$496 \times 25 = 12\,400$$

PAGE 33 :

256 ÷ 2	135 ÷ 5	168 ÷ 6	882 ÷ 9	276 ÷ 4
128	27	28	98	69

PAGE 34 :

Client	Profond	Désert
Bavard	Froid	Petit
Chat	Grand	Long
Chaud	Allemand	Chinois
Expert	Souhait	Radis

PAGE 35 :

Possessifs	Indéfinis	Démonstratifs
Mon	Tout	Ce
Ton	Aucun	Cette
Ma	Plusieurs	Ces
Ses	Quelques	Cet
Mes		
Notre		
Votre		
Nos		

PAGE 36 :

Langage familier	Langage courant	Langage soutenu
bagnole	chaussure	bicyclette
bouquin	voiture	véhicule
pompe	livre	ouvrage
bécane	vélo	soulier
trouille	peur	profession
boulot	travail	appréhension

PAGE 37 :

18 h 45

6 h 30

23 h 05

21 h 10

12 h 00

5 h 50

PAGES 38-39 :

$\frac{37}{10}$ 3,7

$\frac{78}{100}$ 0,78

$\frac{45}{100}$ 0,45

$\frac{345}{100}$ 3,45

$\frac{123}{10}$ 12,3

$\frac{76}{10}$ 7,6

PAGE 40 :

Je serai le Hokage du village de Konoha. Je protégerai tous les habitants et je ferai de ce village une grande famille. Je serai le ninja le plus fort. Mon visage sera sculpté sur la falaise du village.

PAGE 41 :

J'ai grandi au sein de la famille Uchiwa. Mon père était un très grand ninja. Il m'a appris des techniques de Katon. Mon grand frère, Itachi, était mon modèle. Il a réussi à être le meilleur à l'Académie des ninjas. Peu à peu, il s'est éloigné de la famille. Le clan l'a soupçonné d'avoir tué son meilleur ami. Une nuit, il s'en est pris à tout le clan Uchiwa...

PAGE 42 :

Règle n° 3 Un shinobi ne doit pas trahir son village, sous peine d'être **gravement** puni.

Règle n° 4 Un shinobi doit faire passer la mission en **premier**.

Règle n° 14 Un shinobi doit travailler dans **l'ombre**.

Règle n° 15 Un shinobi doit toujours **porter** le bandeau frontal de son village.

Règle n° 20 Un shinobi ne doit pas pratiquer les techniques **interdites** par son village.

Règle n° 26 Un shinobi doit se préparer avant qu'il ne soit trop **tard** pour le faire.

Règle n° 31 Un shinobi ne doit jamais montrer ses **faiblesses**.

PAGE 43 :

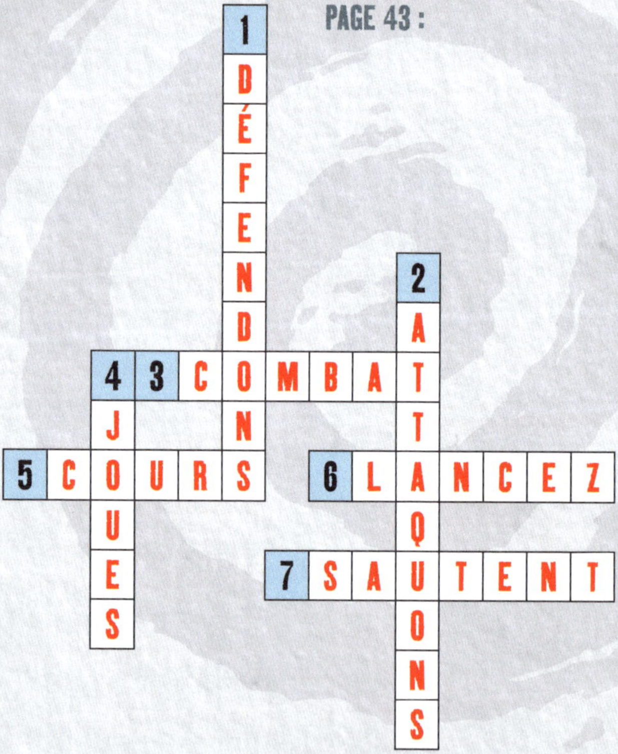

PAGE 44 :

L	V	B	S	U	J	D	L	S	B	G	I	F	S
Q	O	I	M	X	N	E	I	N	W	D	V	S	B
R	N	R	E	T	R	O	U	V	E	R	J	Q	C
A	F	F	I	C	H	A	G	E	U	S	G	L	B
M	P	A	R	A	P	L	U	I	E	C	Q	Q	P
J	L	A	K	C	R	H	F	E	L	J	J	J	S
P	A	R	A	C	H	U	T	E	P	H	J	A	U
R	E	A	O	U	F	B	A	F	H	Z	A	W	Q
R	B	U	N	D	É	F	A	I	R	E	R	R	C
D	O	C	T	E	U	R	E	O	V	G	M	G	K
M	A	I	S	O	N	N	E	T	T	E	G	P	R
H	E	F	E	P	S	M	T	A	T	Z	U	N	C
S	E	Q	H	B	W	C	R	V	P	F	U	D	Z
C	G	U	Q	Q	M	A	L	A	D	R	O	I	T

PAGE 45 :

Grand	Il	Hier	Classer
Courageux	Jouer	Presque	Portable
Épais	Fort	Long	Donc
Vache	Lit	Vieux	Connaître
Brillant	Puissant	Belle	Naissance
Vert	Courir	Intelligence	Sur
Excellente	Vous	Jamais	Avoir
Petit	Maigre	Moche	Jaune

PAGE 46 :

C

C

S

C

C

S

PAGE 47 :

J'ai perdu mes dents de lait.

Les marins ont jeté l'ancre.

J'adore les petits pains au chocolat.

Il doit utiliser un balai pour nettoyer.

Utilise un plan pour te repérer dans la ville.

Les oiseaux ont une paire d'ailes.

PAGE 48 :

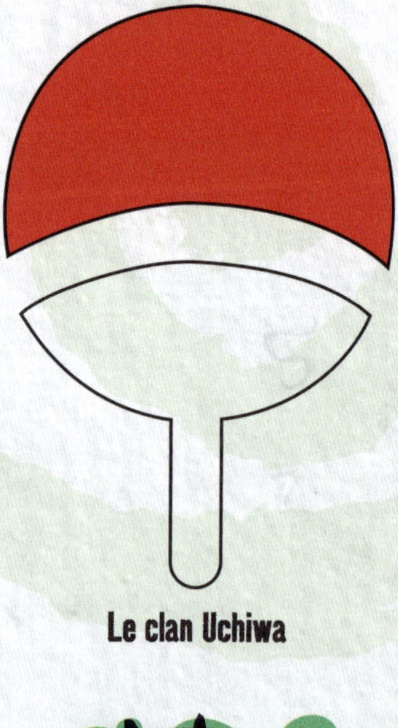

Le clan Uchiwa

PAGE 49 :

Anko – Hinata – Hiruzen – Itachi – Kabuto – Kakashi – Naruto
Neji – Orochimaru – Saï – Sakura – Sasori – Sasuke
Shikamaru – Tenten

PAGE 50 :

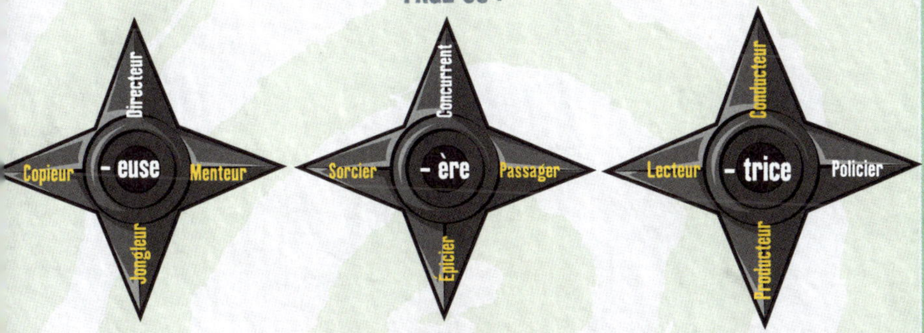

PAGE 51 :

Gratin	Agrafer	Pigeon	Orange	Gêner
Ranger	Glaçon	Agiter	Fromage	Hygiène
Plage	Virgule	Gémir	Pelage	Gifler
Potage	Gare	Glacé	Boulanger	Aubergine
Général	Argenté	Gorille	Magique	Gymnase
Agir	Gibier	Gobelet	Légume	Grossir

PAGE 52 :

Je suis un ninja qui copie précisément de nombreuses techniques.

CC de manière

Plus tard, je serai Hokage et je protégerai Konoha.

CC de temps

À cause de mon passé, j'ai dû faire des choix difficiles et me séparer de mes amis.

CC de cause

Je m'entraîne dans le village pour dépasser mon mentor : Tsunade.

CC de lieu

PAGE 53 :

PAGE 54 :

Pluriel en -s	Pluriel en -x
une chaise	un château
un clou	la peau
une porte	un joujou
l'herbe	un chou
la table	le genou
une trousse	un tuyau
un mur	un caillou
	un hibou
	un journal
	un bureau

PAGE 55 :

Diplôme de Naruto Shippuden

Décerné à :

....

Fait à : ....

Le : ....

Signature :

....

Achevé d'imprimer en Espagne par Gráficas Estella
Dépôt légal : avril 2022 – 330184/01
N° de projet : 11049145 – mars 2022